DES DINOSAURES

EFFRAYANTS MAIS INTÉRESSANTS

Alan Walker

Un livre de la collection
Les jeunes plantes de Crabtree

Crabtree Publishing
crabtreebooks.com

TABLE DES MATIÈRES

Un monde de dinosaures 4

Les mangeurs de viande 10

Les mangeurs de plantes 16

Les détectives des dinosaures 20

Glossaire 23

Index 23

UN MONDE DE DINOSAURES

Les premiers dinosaures ont vécu sur la Terre il y a plus de 240 millions d'années.

LE SAVAIS-TU?

Nous divisons l'histoire des dinosaures en trois périodes :

Le **Trias**—il y a 250 à 200 millions d'années

Le **Jurassique**—il y a 200 à 145 millions d'années

Le **Crétacé**—il y a 145 à 65 millions d'années

Le Plateosaurus a vécu pendant la période du Trias.

Certains dinosaures étaient aussi grands qu’un immeuble de cinq étages. D’autres étaient de la taille de petits oiseaux.

EFFRAYANT OU INTÉRESSANT?

L'Argentinosaurus pesait autant que 20 éléphants et était aussi long que trois autobus scolaires!

L'Argentinosaurus a vécu pendant la période du Crétacé. C'est l'un des plus grands animaux connus ayant marché sur la Terre.

Il y avait des dinosaures partout dans le monde.

EFFRAYANT OU INTÉRESSANT?

Le mot *dinosaure* signifie lézard terrible.

LE SAVAIS-TU?

Les humains n'ont jamais vécu sur la Terre en même temps que les dinosaures.

LES MANGEURS DE VIANDE

Les dinosaures qui mangeaient seulement de la viande étaient des **théropodes**.

EFFRAYANT OU INTÉRESSANT?

Le Spinosaurus était le plus grand de tous les dinosaures carnivores. Les scientifiques croient qu'il mangeait principalement du poisson.

Les théropodes marchaient et couraient sur deux pattes et avaient des griffes tranchantes et des dents acérées.

Le Vélociraptor avait une grosse griffe courbée sur le deuxième orteil de chaque pied.

EFFRAYANT OU INTÉRESSANT?

Les scientifiques croient que le Vélociraptor avait des plumes—pour la chaleur et non pour voler. Ils croient aussi que les oiseaux sont les descendants vivants les plus près des dinosaures.

Le gigantesque Tyrannosaurus rex pouvait déchirer la chair et broyer les os avec sa mâchoire puissante et ses dents **dentelées**.

Les scientifiques croient que le Tyrannosaurus rex pouvait courir jusqu'à 33 m/h (53 km/h). C'est plus vite que le plus rapide des humains, qui a atteint une vitesse de 28 m/h (45 km/h).

EFFRAYANT OU INTÉRESSANT?

Les **fossiles** démontrent que le crâne du T. rex mesurait 5 pieds (1.5 mètre). Et oui, il aurait pu t'avaler d'une seule bouchée!

LES MANGEURS DE PLANTES

Les dinosaures qui mangeaient seulement des plantes étaient souvent des **proies** pour les carnivores. Plusieurs dinosaures herbivores se déplaçaient en groupes pour rester en sécurité.

LE SAVAIS-TU?

Il n’y a jamais eu de dinosaures volants, seulement des reptiles volants.

Le Brachiosaurus était un **sauropode.**

Le Tricératops utilisait ses grandes cornes pour se protéger contre les **prédateurs**.

EFFRAYANT OU INTÉRESSANT?

Tricératops **signifie visage à trois cornes.**

L'Ankylosaurus était un gros **herbivore**—environ trois fois la longueur de ton lit!

EFFRAYANT OU INTÉRESSANT?

Des plaques osseuses poussaient sur la peau de l'Ankylosaurus. Elles pouvaient le protéger comme une armure.

LES DÉTECTIVES DES DINOSAURES

Les **paléontologues** sont comme des détectives de dinosaures. Ils étudient les indices laissés par les fossiles.

Indices des fossiles :

Les os donnent des indices sur la taille d'un dinosaure.

Les empreintes peuvent nous dire si le dinosaure marchait sur deux ou quatre pattes.

Les dents peuvent nous dire si le dinosaure était herbivore ou carnivore.

Les crottes fossilisées donnent des indices sur ce que les dinosaures mangeaient!

Nous ne savons pas pourquoi les dinosaures sont **disparus** il y a 65 millions d'années, mais nous savons qu'il y a encore beaucoup de fossiles à trouver.

fossile de Stégosaurus

fossile d'œufs de dinosaure

Glossaire

dentelées (dan-te-lé) : Qui a un côté en forme de scie

disparus (diss-pa-ru) : Ne plus avoir de membres vivants

fossiles (fo-ssil) : Restes ou traces de plantes ou d'animaux qui ont vécu il y a des millions d'années

herbivore (èr-bi-vor) : Un animal qui mange uniquement des plantes

paléontologues (pa-lé-on-to-log) : Des scientifiques qui étudient les fossiles

prédateurs (pré-da-teur) : Animaux qui chassent et mangent d'autres animaux

proies (proa) : Animaux chassés et mangés par d'autres animaux

sauropodes (so-ro-pod) : Tout type de dinosaure qui appartient au groupe ayant un long cou, une petite tête, qui marchait sur quatre pattes et qui mangeait uniquement des plantes

théropodes (té-ro-pod) : Des dinosaures qui marchaient sur deux pattes et qui avaient trois orteils à chaque pied; la plupart avaient des dents et des griffes acérées

Index

cornes 18
dents 12, 14, 21
fossiles 15, 20, 21, 22
griffe 12
plumes 13
sauropode 17
théropode(s) 10, 11, 12

Soutien de l'école à la maison pour les parents, les gardiens et les enseignants

Ce livre aide les enfants à se développer grâce à la pratique de la lecture. Voici quelques exemples de questions pour aider le lecteur ou la lectrice à développer ses capacités de compréhension. Les suggestions de réponses sont indiquées en rouge.

Avant la lecture

- **De quoi ce livre parle-t-il?** *Je pense que ce livre parle de dinosaures géants qui étaient effrayants. Je pense que ce livre parle de dinosaures intéressants.*
- **Qu'est-ce que je veux apprendre sur ce sujet?** *Je veux apprendre ce qui est arrivé aux dinosaures. Je veux apprendre ce que les dinosaures mangeaient et où ils vivaient.*

Pendant la lecture

- **Je me demande pourquoi...** *Je me demande pourquoi certains dinosaures mangeaient de la viande alors que d'autres mangeaient uniquement des plantes. Je me demande pourquoi les dinosaures étaient si gros.*
- **Qu'est-ce que j'ai appris jusqu'à présent?** *J'ai appris qu'il n'y a jamais eu d'humains sur la Terre en même temps que les dinosaures. J'ai appris que le Tyrannosaurus rex pouvait courir à une vitesse de 33 m/h (53 km/h).*

Après la lecture

- **Nomme quelques détails que tu as retenus.** *J'ai appris que les scientifiques en apprennent davantage au sujet des dinosaures en étudiant leurs os, leurs empreintes, leurs dents et leurs crottes. Ils peuvent savoir quel type de nourriture les dinosaures mangeaient en étudiant leurs crottes.*
- **Lis le livre à nouveau et cherche les mots du glossaire.** *Je vois le mot **paléontologues** à la page 20 et le mot **disparus** à la page 22. Les autres mots du glossaire se trouvent à la page 23.*

Crabtree Publishing

crabtreebooks.com 800-387-7650

Version imprimée du livre produite conjointement avec Blue Door Education en 2021.

Auteur : Alan Walker
Traduction : Annie Evearts

Paperback	978-1-0396-0837-5
Ebook (pdf)	978-1-0396-0849-8
Epub	978-1-0396-0861-0
Read-along	978-1-0398-0339-8
Audio book	978-1-0396-6670-2

Imprimé au Canada/032024/CPC20240301

Publié au Canada par Crabtree Publishing
616 Welland Avenue
St. Catharines, Ontario
L2M 5V6

Publié aux États-Unis par Crabtree Publishing
347 Fifth Avenue
Suite 1402-145
New York, NY 10016

Références photographiques : www.shutterstock.com - www.istock.com. Couverture © Alex_187 - p. 2-3 istock.com/GlobalP. p. 4-5 © Palo_ok. p. 6-7 © Matt Jeppson. P. 8-9 © Dr. Morley Read. p. 9 (lettrage pour Effrayant mais intéressant) © Matt Jeppson. p. 10 (photo du haut) © Tyler Fox, (photo du bas) © Dean Evangelista. p. 11 (photo du haut) © Tyler Fox, (photo du bas) © James Laurie. p. 12, 13 © KratochvilP. p. 14-15 © Henrik Larsson (photo en médaillon) © Cathy Keifer. p. 16-17 © Johan Larson. p. 18 © Cathy Keifer, p. 19 (haut) © PhotonCatcher, (bas) © Eric. Isselee. p. 20-21 © Laurie Barr

Catalogage avant publication de Bibliothèque et Archives Canada
Titre: Des dinosaures / Alan Walker ; texte français d'Annie Evearts.
Autres titres: Dinosaurs. Français.
Noms: Walker, Alan (Écrivain pour la jeunesse), auteur.
Description: Mention de collection: Effrayants mais intéressants | Les jeunes plantes de Crabtree | Traduction de : Dinosaurs. | Comprend un index.
Identifiants: Canadiana (livre imprimé) 20210285966 | Canadiana (livre numérique) 20210285982 | ISBN 9781039608375 (couverture souple) | ISBN 9781039608498 (HTML) | ISBN 9781039608610 (EPUB)
Vedettes-matière: RVM: Dinosaures—Ouvrages pour la jeunesse. | RVMGF: Documents pour la jeunesse.
Classification: LCC QE861.5 .W33514 2022 | CDD j567.9—dc23